女歡男愛

君靈鈴、破風、六色羽、雪倫湖　合著

天空數位圖書出版
Family Sky

目錄

目錄

♀君靈鈴♂

目錄

目錄

目 錄

目錄

目錄

目錄

甘蔗很甜之衣服尺寸

文：君靈鈴

小甜的男友叫甘蔗。

甘蔗的女友叫小甜。

他們已經交往了三年，他們住在一起，養了一隻狗一隻貓，是一對再正常不過的情侶。

這天小甜正在試穿新買的衣服，但她一套上剛到貨的褲子就放聲大叫，引來甘蔗衝到房間，就看到小甜一臉要哭要哭，指著卡在大腿上的褲子。

「我胖了！」

胖是很多女人都不能接受的事實，當然小甜也不例外。

「無所謂。」

甘蔗一臉正氣凜然的宣告。

「不行！我胖了！我胖了！我明明吃很少了啊！」

小甜沒有被甜到，反而開始對天哀號。

「對，妳已經吃很少了。」

甘蔗這邊還在證明自己此心永不變。

「那為什麼會這樣！」

小甜氣憤地都快哭了。

「沒事，妳是真的吃很少了，肯定是褲子的尺寸給小了，畢竟我都負責舔蓋而已，哪來的妳吃太多這種事呢？」

甘蔗很甜之什麼樣子

文：君靈鈴

小甜的男友叫甘蔗。

甘蔗的女友叫小甜。

他們已經交往了三年，他們住在一起，養了一隻狗一隻貓，是一對再正常不過的情侶。

這天電視上剛好在播放一片浪漫風格的電影，小甜窩在甘蔗身邊看著看著突然轉頭看著甘蔗。

「我問你，我在你心中是什麼樣子的？」

小甜一臉好奇。

「妳的意思是什麼形象是嗎？」

甘蔗很謹慎確認，因為他知道這種類似送命題的問題如果沒回答好肯定會出大事。

「對啦！」

小甜臉上很明顯就是想要一個答案。

「很好的樣子。」

甘蔗覺得用什麼形容詞都不對，而「很好」這兩個字概括了所有美好的形容詞，肯定萬無一失。

「那……你前女友呢？」

通常送命題都會附帶絕命題。

「……好端端問這個幹嘛？」

甘蔗一臉警覺，沒有想到自己居然會在這一年的這一天的這一個時刻遇到絕命危機。

「你給我回答！」

小甜的雙眼馬上瞪大，而感覺到肅殺之氣的甘蔗心雖有點慌但表面上臉不紅氣不喘，很平靜的回答了四個字……

「不成樣子。」

甘蔗很甜之無欲無求

文：君靈鈴

小甜的男友叫甘蔗。

甘蔗的女友叫小甜。

他們已經交往了三年，他們住在一起，養了一隻狗一隻貓，是一對再正常不過的情侶。

「我們午餐要吃什麼？」

小甜拿著手機問甘蔗，顯然是要叫外送。

「隨便。」

甘蔗面無表情玩著手機。

結果午餐小甜作主解決了，而到了晚餐時間……

「我們晚餐要吃什麼？」

小甜又拿著手機問甘蔗，依然是要叫外送。

「都可以。」

甘蔗表情絲毫沒變看著電視回應。

結果晚餐又是在小甜的主意下解決了，然後到了消夜時間……

「消夜要吃什麼？」

小甜第三度拿著手機問甘蔗。

「無所謂。」

　　剛洗完澡正擦著濕髮的甘蔗木然看著牆壁回答，不過這次小甜沒再作主了，她的眉頭慢慢皺起，很明顯不高興了。

　　「你是怎樣？一整天都是這副鬼樣子？」

　　「我在練習無欲無求。」

　　「什麼？幹嘛練習這個？」

　　「人家都說近朱者赤近墨者黑，我想我如果可以在無欲無求上達到一定的境界應該可以影響到妳，然後家裡可以走動的空間就會增加了。」

甘蔗很甜之就是愛比較

文：君靈鈴

小甜的男友叫甘蔗。

甘蔗的女友叫小甜。

他們已經交往了三年，他們住在一起，養了一隻狗一隻貓，是一對再正常不過的情侶。

這天小甜跟朋友聚會後回到家就吱吱喳喳說，自己今天跟朋友比了很多事都贏了，臉上的表情是得意的不得了。

「幹嘛什麼都要跟人家比？」

甘蔗一臉無奈。

「沒有啊！是她們先開頭的啊！」

小甜一臉認真表示自己可不是挑起比較戰的人。

「所以說妳怎麼什麼都要拿出來比？」

這樣有什麼意義嗎？甘蔗不太懂。

「沒有啊！至少有一樣我沒有拿出來跟人家比。」

有些事是不能比的。

「是什麼？」

甘蔗當場有點好奇。

「我沒有拿你跟別人比啊！」

小甜笑的很甜。

「為什麼？」

甘蔗瞇起雙眼。

「因為我不喜歡輸的感覺。」

甘蔗很甜之屁的味道

文：君靈鈴

小甜的男友叫甘蔗。

甘蔗的女友叫小甜。

他們已經交往了三年，他們住在一起，養了一隻狗一隻貓，是一對再正常不過的情侶。

而基本上交往久了，兩人之間的相處模式一定會越來越自然，就像有人說只要開始敢在對方面前大大方方的放屁，那麼就表示兩人之間的距離已經近到一個無與倫比，關係相當親密，所以這天……

「甜，妳放屁喔？」

忽然一股異味襲來讓正在玩手機遊戲的甘蔗微微皺了下眉頭，轉頭問身邊的小甜。

「對啊！不行喔？」

反正也不是同一次，小甜不僅承認的很爽快而且還一副「老娘就是放屁怎樣」的表情。

「沒有不行，妳愛怎麼放就怎麼放。」

甘蔗非常大方給予特權。

「但是你剛剛好像皺眉頭了，是很臭是不是？」

雖然是這樣問，但依照小甜的表情來看她很明顯並不想被直接嫌棄。

「想知道答案的話妳就去廚房，我記得有一顆放了很久的蛋。」

「這跟那顆蛋有什麼關係？」

「因為有說法指出臭屁跟臭雞蛋含有同一種發出臭味的氣體硫化氫。」

「……」

甘蔗很甜之新詞

文：君靈鈴

小甜的男友叫甘蔗。

甘蔗的女友叫小甜。

他們已經交往了三年，他們住在一起，養了一隻狗一隻貓，是一對再正常不過的情侶。

然而，不管感情再好也總有吵架的時候，而甘蔗他老實說，有時候會在小甜暴怒的時候覺得整間房子快炸了，原因是因為小甜只要一生氣，說話語速就很快，可這還不打緊，重點是她到後來會讓人聽不懂她在說什麼，有一種在說外星語言的感覺。

「我親愛的甜，妳知道根據牛頓字典紀載世界上最長的英文字是pneumonoultramicroscopicsilicovolcanoconiosis 嗎？」

好不容易抓到空檔，甘蔗看著炸毛的小甜忽然很不怕死的問了。

「那關我屁事？」

小甜惡狠狠瞪著甘蔗。

「我覺得會跟妳有關。」

甘蔗一臉認真到不行的表情。

「為什麼？」

小甜馬上皺起眉頭。

「因為依照剛剛的態勢發展下去我覺得妳很有可能會說出超越這個紀錄的新詞，然後被載入字典。」

「姓甘的！你今晚給我睡大門口！」

甘蔗很甜之腦子

文：君靈鈴

小甜的男友叫甘蔗。

甘蔗的女友叫小甜。

他們已經交往了三年，他們住在一起，養了一隻狗一隻貓，是一對再正常不過的情侶。

這天甘蔗上班早退，一回家就撲到床上熟睡直到小甜下班回來才搖醒他，而他一見到親親女友回來就一副虛弱的樣子，看來是想得到比平常更多的關心與關注。

「你看起來像隻可憐的小狗。」

小甜有點想笑。

「因為我頭很痛！妳知道頭痛有多痛苦嗎？我覺得我這幾天因為頭痛腦子都不好使了，工作有點吃力，有種力不從心的感覺。」逮著機會甘蔗很不客氣對著女友撒嬌。

「親愛的，你知道頭痛不是因為腦子本身嗎？」

小甜唇角露出一抹淡淡的邪笑。

「那不然呢？」

問是問了，但甘蔗有種不祥的預感。

「聽說頭痛產生於腦子周圍的肌肉跟神經而不是腦子本身，所以呢……」

小甜刻意賣了個關子。

「妳有話快說。」

甘蔗忽然有種自己下一秒頭會更痛的感覺。

「所以你腦子不好使不是因為頭痛，知道嗎？」

小甜露出一抹很甜的笑。

甘蔗很甜之聽不見

文：君靈鈴

小甜的男友叫甘蔗。

甘蔗的女友叫小甜。

他們已經交往了三年，他們住在一起，養了一隻狗一隻貓，是一對再正常不過的情侶。

這天小甜很認真在跟甘蔗說事情，可是甘蔗心不在焉有聽像沒聽，嘴裡更是哼都沒哼一句，而他這種態度自然很快惹怒了小甜，所以她……

「姓甘的！蒼蠅、海星、蝸牛，這三種生物你給我選一個當同類！」

小甜爆炸了，死瞪著甘蔗一手還指著他鼻子要他做出個選擇。

「怎麼了？」

甘蔗一臉懵逼，顯然不知道自己做錯了什麼。

「你給我選就對了！看你是要當蒼蠅的兒子還是海星的爸爸還是蝸牛的弟弟！」

小甜臉上寫著「你只有三個選擇」七的大字。

「我幹嘛要去當蒼蠅的兒子還是海星的爸爸或是蝸牛的弟弟？」

甘蔗頭上冒出無數個問號，不知道為什麼蒼蠅跟海星還有蝸牛會在這時候被拉出來客串。

「因為他們跟你一樣都是聾子！」

甘蔗很甜之懶得動

文：君靈鈴

小甜的男友叫甘蔗。

甘蔗的女友叫小甜。

他們已經交往了三年，他們住在一起，養了一隻狗一隻貓，是一對再正常不過的情侶。

這天小甜下班了卻帶了工作回家，在房間忙得天昏地暗的她卻一直聽見……

「汪！」

「汪汪！」

「汪汪汪！」

「甘蔗！你看一下汪比怎麼了！」

小甜喊著，沒得到回應，但她很忙所以決定暫時不予理會，結果……

「喵！」

「喵喵！」

「喵喵喵！」

「甘蔗！喵比是不是餓了？你餵一下啦！」

小甜又喊，還是沒得到回應，但兩隻寵物一直在叫，所以她只能起身走出房門，然後就看到甘蔗攤在沙發上，對於身邊兩隻寵物的喊聲只有左手稍微挪動了幾公分。

「甘先生，你知道樹懶移動兩公里需要一個月的時間嗎？」

　　小甜走到甘蔗面前雙手插腰給了一句讓甘蔗摸不著頭腦的話。

　　「所以咧？」

　　甘蔗一臉問號。

　　「沒什麼，我只是想讓你知道你同類移動是什麼速度而已。」

甘蔗很甜之沒有鼻子

文：君靈鈴

小甜的男友叫甘蔗。

甘蔗的女友叫小甜。

他們已經交往了三年，他們住在一起，養了一隻狗一隻貓，是一對再正常不過的情侶。

這天晚上電視正在播放《哈利波特》，小甜一時好奇就轉頭問甘蔗。

「如果是你，你想當裡面哪個角色？」

小甜自己的話當然是女主角妙麗。

「佛地魔。」

甘蔗給了個很讓小甜意外的答案。

「為什麼？因為他魔法高強？可是他是壞人耶！」

小甜當場驚叫。

「不，因為他沒有鼻子，不會像我一樣被妳牽著鼻子走。」

甘蔗一臉正經地回應。

「……」

小甜當場無語。

甘蔗很甜之
開心與不開心的約會

文：君靈鈴

小甜的男友叫甘蔗。

甘蔗的女友叫小甜。

他們已經交往了三年，他們住在一起，養了一隻狗一隻貓，是一對再正常不過的情侶。

這天晚上，小情侶窩在家中沙發上看電視，恰好電視上正在播放一對情侶在餐廳約會的戲碼，這勾起了小甜的回憶還有好奇心。

「親愛的，你覺得我們在一起那麼久，哪一次約會是你覺得最開心的啊？」

「去海景餐廳那次。」

「為什麼？因為海景很美，還是因為那是正式交往後的第一次約會，還是因為東西很好吃？」

「都是。」

「那你覺得最不開心的一次約會是哪次啊？」

「也是那次。」

「為什麼？不是很開心嗎？為什麼會又是這次？」

「……看到帳單以後就不開心了。」

根據可靠消息顯示，那一頓飯花了甘蔗一萬塊，除了心痛之外，相信他本人沒什麼好說的了。

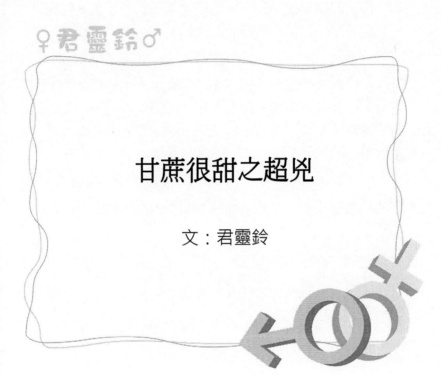

甘蔗很甜之超兒

文：君靈鈴

小甜的男友叫甘蔗。

甘蔗的女友叫小甜。

他們已經交往了三年，他們住在一起，養了一隻狗一隻貓，是一對再正常不過的情侶。

這天難得兩人都放假，所以小甜就吵著要出去走一走，但這兩人想來想去也不知道去哪，本來想要乾脆就在家耍廢就好的提議，被甘蔗一句：「很久沒去第一次約會的地點了！」這句話給打破，所以相視一笑的兩人就手牽手出門了。

雖然好像有點老土，但甘蔗跟小甜第一次約會的地點就是動物園，所以來到此地瞬間兩人都有種備感懷念的感覺。

他們一路拉著手逛著，來到了猩猩區。

「甜，不跟妳同伴打聲招呼嗎？」

甘蔗一臉有點賤賤的看著小甜。

「為啥我要跟猩猩打招呼？」

小甜瞇起眼睛總覺得接下來要聽到的答案會讓她心情不美麗。

「因為牠們敲胸(超兇)的。」

沒有意外，甘蔗這回膝蓋骨依然遭受重創，夜晚沙發處也依然在等著他。

甘蔗很甜之偽出國

文：君靈鈴

小甜的男友叫甘蔗。

甘蔗的女友叫小甜。

他們已經交往了三年，他們住在一起，養了一隻狗一隻貓，是一對再正常不過的情侶。

這兩年因為疫情，所以都不能出國，讓小甜有點哀怨，拉著甘蔗手臂直晃撒嬌。

「親愛的，我好想出國哦！」

「這還不簡單，我們來演最近很紅的『偽出國』過過癮。」

「你是說那個用跑步機在家裡演的那個喔？」

「不，我們來演回國落地之後檢查行李那裡比較有真實感，我演檢查的人，妳演旅客。」

「喔，好啊。」

十分鐘過後……

「小姐，現在不能帶肉類製品入境，妳已經違反了規定，依照法規可處一萬元以上一百萬元以下的罰金，但看在妳我相識很久的分上，請直接繳交五萬元給我，後續我會幫妳處理。」

「……政府現在宣布，你下個月的零用錢沒了！」

甘蔗很甜之夜晚約會

文：君靈鈴

小甜的男友叫甘蔗。

甘蔗的女友叫小甜。

他們已經交往了三年，他們住在一起，養了一隻狗一隻貓，是一對再正常不過的情侶。

雖然住在一起，他們還是會出去約會，只是最近小甜發現甘蔗找她出去的時間點很奇怪，一連數次兩人都是晚上很晚才出門。

「為什麼都要這麼晚才出來？現在都已經逼近午夜 12 點了。」

這是第四次，所以小甜終於忍不住發問了。

「妳不覺得晚上出來約會比較有情調嗎？」

甘蔗一臉深情的說。

「說重點。」

小甜了然的挑了挑眉。

「就是……商店都關門了嘛。」

甘蔗說完不意外被小甜踢了一腳，順帶宣告他今晚睡沙發的命運。

甘蔗很甜之買衣服

文：君靈鈴

小甜的男友叫甘蔗。

甘蔗的女友叫小甜。

他們已經交往了三年，他們住在一起，養了一隻狗一隻貓，是一對再正常不過的情侶。

這天因為聖誕節要到了，為了跟甘蔗一起幸福過節，小甜決定要出去採購一些東西，然而一到了商場看到服飾專區，小甜的腳步就不由自主走了過去，但神奇的是甘蔗一反常態居然興致勃勃的跟了過去，只要小甜一拿起衣物往身上比就嘴甜的誇好看誇美麗，這一連串不正常的操作讓小甜瞇起了眼睛。

「你今天是怎樣？」

「沒有啊！我是真的覺得妳穿什麼都好看！」

「但我記得你以前不是這樣說的。」

「喔，是沒錯啦，但是後來我發現其實多讓妳買衣服對我才有好處。」

「什麼好處？」

「因為上次我誇了妳一句很美之後零用錢就多一百，然後我剛剛邊誇有邊數，今天我說了五次好看七次漂亮十次美爆了，等等記得給我結算一下。」

「……我一毛也不會給你。」

說完，小甜直接把手上的毛衣丟給甘蔗後轉身就走，留下一臉懵逼的甘蔗。

甘蔗很甜之閃亮神經病

文：君靈鈴

　　小甜的男友叫甘蔗。

　　甘蔗的女友叫小甜。

　　他們已經交往了三年，他們住在一起，養了一隻狗一隻貓，是一對再正常不過的情侶。

　　這天甘蔗不在，小甜的好友小蜜來家裡玩，姐妹淘兩個有陣子沒見面，所以吱吱喳喳聊個沒完沒了，但聊到後來小甜發現小蜜說的話題越來越讓人無言，於是……

　　「蜜啊，妳有沒有發現妳說話的內容越來越沒營養？」

　　「哪有？！我號稱四海八方說話最有內容的人，妳身為我好姐妹居然這樣說我？」

　　「就是因為我是妳好姐妹才這樣跟妳說，不然妳在外也是這樣人家一定會笑妳。」

　　「我這是為了妳的人生有意義好嗎！」

　　「啥意義？」

　　「有句話叫做『我要在妳平凡無奇的人生裡當一個閃閃發亮的神經病』，所以我是因為怕妳的人生太無趣才委屈自己的！」

　　「……那還真是感謝妳啊。」

　　小甜當場翻了個白眼，覺得自己比剛剛更無言了。

甘蔗很甜之不明顯

文：君靈鈴

小甜的男友叫甘蔗。

甘蔗的女友叫小甜。

他們已經交往了三年，他們住在一起，養了一隻狗一隻貓，是一對再正常不過的情侶。

這天甘蔗有場聚會，是高中同學會，所以在很多因素的考量之下，他很難得認真裝扮了自己。

一身西裝筆挺還對著鏡子弄了將近半小時的頭髮，甘蔗前前後後花了將近兩小時的時間才走出房間，一臉得意看著小甜挑眉，很明顯是要聽到稱讚的話。

「老實說，很帥。」

聰明如小甜，怎會不知道枕邊人想聽什麼，先順著他就是。

「是不是！想當年我在班裡也算是很有行情的人物，這個面子絕不能丟！」

甘蔗聽到稱讚後相當滿意，開始愉快的回想起當年的輝煌，但就在他正想大放闕詞吹噓當年如何風光的時候……

「只是帥的不明顯。」

淡淡補上這句後，小甜看著好像突然被噎住的甘蔗，露出了一抹和善的微笑。

甘蔗很甜之胖瘦

文：君靈鈴

小甜的男友叫甘蔗。

甘蔗的女友叫小甜。

他們已經交往了三年，他們住在一起，養了一隻狗一隻貓，是一對再正常不過的情侶。

這天小甜的閨蜜小蜜又跑來家裡玩，這對姊妹淘一陣喧鬧之後氣喘吁吁的一同倒在客廳地板上，然後就聽到小蜜以很無奈的語氣說自己胖，所以比小甜更容易喘。

「對齁，妳說到這個我才想到，妳不是一直說要減肥嗎？」

小甜忽然想起這件事。

「對啊，但是後來我覺得不好。」

小蜜一臉此事不可行的表情。

「為什麼？」

小甜對此相當疑問，畢竟她身邊這個姊妹淘嘴上喊著減肥口號大約有五年了，但是截至目前為止完全沒下文。

「拜託！如果我減肥了，誰來襯托妳很瘦？我純粹是為了妳著想耶！很夠意思吧？」

小蜜一臉「我很犧牲」的表情。

「……」

小甜無言，當場哭笑不得。

甘蔗很甜之故事事故

文：君靈鈴

小甜的男友叫甘蔗。

甘蔗的女友叫小甜。

他們已經交往了三年，他們住在一起，養了一隻狗一隻貓，是一對再正常不過的情侶。

這天小甜的閨蜜小蜜又來家裡玩，兩人趁甘蔗不在，很愉快看著電視上的古代劇，只是看著看著小蜜忍不住偏頭開始思考起來。

「怎麼了？」

小甜發現了閨蜜的異狀。

「我是在想，為什麼古裝劇跟現代劇談感情如此不同，好像古代人談愛情就是很真心很美很感人，而現代人談愛情就是少了點這種感人肺腑的味道？」

小蜜是真的很疑問。

「這有什麼不好懂的？」

小甜一臉不以為然，認為這種問題根本不算是問題。

「所以妳知道原因？」

小蜜一臉好奇，極度想知道箇中原由。

「妳沒聽過一句話叫做『古代愛情故事多，現代愛情事故多』。」

小甜非常中肯的解答了閨蜜的疑問。

甘蔗很甜之臭雞蛋

文：君靈鈴

小甜的男友叫甘蔗。

甘蔗的女友叫小甜。

他們已經交往了三年，他們住在一起，養了一隻狗一隻貓，是一對再正常不過的情侶。

這天甘蔗一大早就起床，想著今天要寵一下小甜，於是很賢慧的打開冰箱要做早餐，誰知道才剛拿起雞蛋敲入碗裡就讓他瞪大雙眼低罵了一聲，同時一股惡臭也侵蝕他的嗅覺。

「怎麼了？」醒來的小甜揉著睡眼走來問。

「我親愛的甜，冰箱裡的雞蛋是放多久了？很臭耶！」甘蔗捏著鼻子一臉痛苦。

「很臭嗎？」小甜面無表情湊上前聞了下，聞完之後還是面無表情。

「妳不覺得嗎？」甘蔗覺得有點不可思議。

「還好，因為我平常訓練有素。」小甜聳聳肩，一臉「姐看過大風大浪」的模樣。

「訓練？」甘蔗滿臉問號。

「比起你的屁味，我覺得臭雞蛋還香點。」說完，小甜聳聳肩轉身帥氣離開。

被留下的甘蔗頓時無言，捏著鼻子默默把臭雞蛋處理掉。

下雨時的關心

文：破風

男生拿起電話，撥打給女朋友。

男：「寶貝，外面雨下很大耶，你出門記得帶雨傘喔！」

女：「雨那麼大，難道我會不知道要帶雨傘啊，你當我笨蛋嗎？」（破口大罵）

隔幾天後，又來了一場大雨，這次男朋友這次不提醒了！

這次女生拿起電話，撥打給男朋友。

女：「雨這麼大，都不會關心我，你這樣還算是我男朋友嗎？……」

男：「……」（男生超無言）

女同事的暗示

文：破風

辦公室裡，男同事女同事正在辦公。

女：「今天冷氣好冷啊！我忘了穿外套了。（滿心期待看著男同事）」

男：「那把冷氣關掉好了！」

男同事拿起遙控器關掉冷氣。

女：「還是覺得很冷耶，可能我體質比較虛⋯⋯」（撒嬌）

男：「我也是耶，還好我有穿外套！」（拉緊外套露出滿足笑容）

女：「⋯⋯」（無奈狀）

♀ 破風 ♂

女朋友面前談身材

文：破風

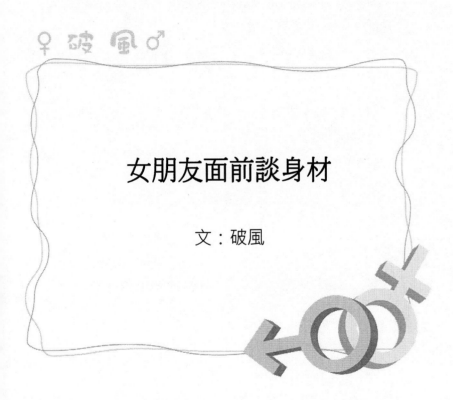

男女朋友在客廳看電視。

女：「你看這廣告的女生，身材很好耶，對不對？」

男心想：（這時候一定不能稱讚對方，要裝作毫不在意的樣子回應，才是正解！）

男：「會嗎？我覺得身材很普通耶，沒什麼特別啊！」

女：「她的身材這麼好，你都說她普通，那是覺得我的身材很差嗎？」（質問）

男：「不是不是！」

男心想：（這時要儘量誇獎她，避免激怒她！）

男：「你的身材比她好啊，你就是我喜歡的樣子啊！」

女：「這樣你也分不出來，眼睛是被屎蒙住啦？」

♀ 破風 ♂

公主化妝篇

文：破風

女朋友剛化好妝。

男：「你今天的妝很美啊！」

女：「所以，我不化妝就很醜啦？如果我不化妝，你就不見我了嗎？……」

男：「……！」

改天

女朋友剛化好妝。

男心想：（這次不說話，不稱讚，沒事了吧！）

女朋友等了一會，看到男朋友沒有什麼反應，便說：

女：「我化好妝，你都不稱讚一下，難道我化得不好看，不美嗎？……」

男：「……！」

♀ 破風 ♂

閨蜜談對象的條件

文：破風

兩位閨蜜在聊天，討論找男朋友的條件：

甲女：「我希望我男朋友……除了要高富帥外，最重要是要對我好！」

乙女：「對女朋友好是必須的啊！但高富帥……這就可遇不可求了！」

甲女：「是沒錯，唉……那你的條件呢？」

乙女：「我啊，嗯！……他一定要單身，沒有不良嗜好，像是不抽菸不喝酒，作息規律，跟我一樣早睡早起，有運動習慣，有社會歷練可以保護我，最重要的是，他身邊不能有太多女性朋友！」

甲女：「啊！你這的條件很難找耶！」

乙女：「對呀！所以，還是希望能夠找到好姻緣囉!」

一段時間之後

甲女帶著一個男生出現，興奮的對乙女說：「我幫你找到符合你條件的男朋友了！」

乙女：「你真的找到符合我條件的男人？」

甲女：「對呀！他現在單身，不菸不酒，三餐規律不吃宵夜，準時運動，不上網也不打電動，常閱讀，而且見過大風大浪的世面，還有更重要的，他周遭朋友也都是男人喔！」

乙女：「你從哪裡找到這樣的男人啊?」

甲女：「噢!他剛從監獄出來！過去十年都待在監獄，滿足你所有的條件呢！」

乙女：「……」（乙女傻眼貌）

生日送禮篇
（男女相同）

文：破風

女生篇

男生在打電動。

女：「寶貝，今天你生日，你猜我送你什麼生日禮物？你絕對猜不到的！」

男：「真的嗎？」

女：（把球衣拿出來）「你看看，我見你喜歡看足球，這是大帥哥Ｃ羅的球衣，我很辛苦的才找得到的啊！」

男：「但……我是利物浦的球迷啊！」

女：「不都是紅色球衣嘛，有分別的嗎？」

男生篇

男：「寶貝，今天你生日，你猜我送你什麼生日禮物？你絕對猜不到的！」

女：「真的嗎？」

男：（把口紅拿出來）「你看看，我之前聽到你跟閨蜜談到，很想要的１２３號的口紅，我很辛苦的幫你找回來的啊！」

女：「哎唷，但我想要的是Ａ牌的１２３號，那支是淺粉紅，限量版的。但你這支是Ｂ牌的１２３號，這是威尼斯紅，完全不一樣啊！」

男：「有分別嗎?」

安心放屁

文：破風

女生想給男朋友驚喜,所以,在回家前要求男生先矇上眼睛。

男生女生進門,男生眼睛被矇住,所以,什麼也看不到。

男:「到家了,寶貝你要幹什麼呀?」

女:「寶貝,你先在這裡等一下喔!」

男:「好。」

女生離開,男生留在客廳。

男生心想:「今天肚子一直不舒服,趁這時候來解放一下。趁女友離開一下,這是好機會了!」

男生在客廳進行花式放屁,盡量舒適地解放。

不過,突然感覺不對勁拉下眼罩。

赫然乍見身後滿滿準備慶生的朋友。

朋友們拿著慶生用具一臉錯愕

男生這時只能不知所措了。

快一點

文：破風

女生正在整理頭髮。

男：「要準備出門囉！」

女：「好，我再補個妝就可以了！」

一會之後～

女：「寶貝，現在幾點了？」

男生看一下時鐘，12 點 55 分。

男：「快一點！」

女：「知道啦，現在幾點啊？」

男：「快一點啦！」

女：「我已經在快了啊！到底幾點呀？」

女生瞪，有殺氣——

男：「快一點啦！」

這時，女生受不了，跑出去打男生一頓，「一直叫一直叫，問你幾點又不說！」

男作出無奈狀，拿出時鐘。

男：「現在不是快一點了，因為已經一點了啊！」

爸爸接下班

文：破風

　　有一對同事，男生常偷看女生，並心想：「坐我旁邊的她做事好仔細，個性好溫柔，笑起來好甜，我好像喜歡上她了。可是每天下班，她爸爸都會準時來載走她，好想跟她有更多相處的時間啊！」

　　終於有天下班時間，男生看到她爸爸來接女同事時，終於吞下口水，鼓起勇氣說話！

　　男：「伯父，我想約你女兒吃個飯，可以嗎？我是真的很有誠意的！」

　　不是爸爸：「年輕人，你攪錯了，她是我的女朋友！」然後轉身跟女同事說：

　　「我們回家吧！」

　　兩人騎車離開，女生開心跟男生揮手

　　男生眼神死

上山見你

文：破風

　　一對熱戀的情侶，在談情說愛，但卻因故吵架，然後好幾天沒見面，男朋友也沒有跟女朋友聯絡。

　　這天女朋友突然收到訊息，她的姑媽走了，雖然對男朋友還是很生氣，但還是給男朋友發個訊息。

　　在女朋友的姑媽上山的一天，男朋友本來想給她一個驚喜，作為道歉，所以特別去找她。但不知道是否記錯地點，卻看不到她。

　　他便發訊息給她女朋友：「今天本來是要上山是想看你的，卻看不到你，心中非常難過……」

　　女朋友看過訊息後，就更生氣了。

出差

文：破風

男打電話給女朋友：「寶貝，我在高雄的事情有點耽誤，明天早上還要處理一下，今天不回去了，你在家裡好嗎？」

女：「一切都很好，只是只有一個人很無聊啊！」

男：「我明白的，你可以找你的閨蜜小芳來陪你呀！」

女：「哈，為什麼你會叫我找小芳呢？我知道你一定又不回來，所以，我有找閨蜜來陪我啦，但不是小芳啦，你知道跟我最好的是小玲啊！」

男有點吃驚：「小玲？啊……啊……好，那你好好的跟她聊聊！」

女：「我會的啦，你放心！拜拜！」

男：「拜拜！」然後發呆，走到沙發那邊，有一女生坐著，他抱一下女的，說：「小玲……」

心想：咦？她說約了閨蜜在家，但她的閨蜜小玲就在我的旁邊，那麼她到底約了誰？

老闆是我男朋友

文：破風

　　她從外面回到公司，剛好看到一男生從老闆的房間出來。

　　兩人對看了一眼，男生有點不好意思的。心想：「怎麼那麼巧，四年前我甩了她之後，竟然在這裡看到她！」說道：「小莉，你好，幾年不見了，你好嗎？」

　　小莉說：「哼，我很好！怎會在這裡看到你，你是來幹嗎？」

　　男：「你離開了我之後，我換了工作，現在是當保險業務員。你呢？」

　　小莉：「先更正一下，不是我離開了你，是你當年不要我！」

　　男：「過去的事情就不要提了，一切都是緣分啦！怎麼你那麼巧又來這裡？」

　　小莉心想：「怎麼這渣男過了幾年之後，還是那麼令人討厭？」說道：「你還沒告訴我來這裡做什麼？」

　　男興高采烈的說：「啊，對！這公司的老闆真不錯，他剛答應跟我買他一家人以及這公司二十多人的保險啊，我做了那麼多年，還沒試過接過那麼大的保單。我正準備回公司準備合約啊！」

　　小莉：「原來是這樣子，難怪的那麼開心！你知道當年我被你拋棄後的心情如何嗎？」

　　男：「往事不要提了啊，都過去那麼久，沒想到你還在意！」

女：「這不是在意，我只是想讓你也嚐嚐那種滋味而已！」

男：「難道你想跟我復合，然後再把我甩嗎？」

女：「你的幻想力真豐富，嘿嘿！」

這時，老闆走出房間，說了一句：「小莉，怎麼今天那麼晚才來，咦，你跟他也認識啊！」

小莉走過去，牽著老闆的手，並說：「今天有點塞車啊，晚了一點！」轉頭跟他說：「對了，忘了回答你剛才的問題，這位老闆就是我現在的男朋友，他對我非常好，我跟他說什麼他都會答應的，很快你就知道，失落傷心的感覺是如何！」

男的一臉恐懼……

忘不了的前任

文：破風

女：「寶貝，如果你那位你忘不了的前任打電話找你，你會怎樣？」

男心想：（這個時候，一定不能說前任的好話！）「我會跟她說『我現在已經有一位很好很好的女朋友啦，叫她不要再找我！』」

女：（生氣）「所以，你真的有一位你忘不了的前任啊！」

×××××

男心想：（這樣不行，我要改一下講法）「我都沒有忘不了的前任，不會有這樣的電話的。」

女：「如果嘛，如果真的有呢！」

男：「我會跟她說『我現在已經有一位很好很好的女朋友啦，叫她不要再找我！』」

噢～～～

女：（生氣）「所以，你真的有一位你忘不了的前任啊！」

♀ 破 風 ♂

爸爸對男朋友不滿

文：破風

女友帶男友到家裡，吃飯後準備離開，爸爸坐在沙發，男友告別，女友送出門。

女兒回來坐在爸爸旁，問爸爸：「爸爸，我跟男朋友都談了一年，也來過我們家幾次，你覺得我男朋友怎麼樣？」

爸爸沉思了一下，「我覺得他並不是太好，可以的話，你不要跟他交往！」

女兒：「噢，為什麼，前幾次你不都是說對他印象很好！」

爸爸：「那是剛開始的印象啊！但後來就改觀了！」

女兒：「到底什麼情況你會這樣想呢？」

爸爸：「他啊！他三個月前就說，要帶我到金錢豹見識見識，還說那邊美女如雲……」

女兒生氣地說：「什麼？他竟然這樣子，我真的要跟他分手啦！」

爸爸：「對啊！我等了他三個多月，到今天還沒有再提起，都沒有兌現，這麼言而無信的人，怎麼跟他交往啊！」

女兒無言～

送什麼都錯的禮物

文：破風

男：「寶貝，生日快樂，我特別為你準備了花與蛋糕。」

女：「花很快就凋謝，蛋糕我也不愛吃，太甜太胖了！」

男：「這……該怎麼辦？」

女：「簡單一點，你就送我紅包就好了！」

男：「……」

一年後

男：「寶貝，生日快樂，我特別為你準備了紅包啊！」

女：「什麼？你就只會送錢，一點心思都沒有，你對我都不用心！」

男：「這……該怎麼辦？」

女：「最簡單的就連蛋糕與花都不會準備啊！」

男：「……」

口紅的暗示

文：破風

　　男女二人在房間聊天，女生突然拿一支口紅來塗，因為是草莓味，非常的香。

　　男的聞到：「這口紅味道真香，好像糖果的感覺，真想吃一口看看！」

　　女：「你真的很想吃嗎？」

　　男：「這種味道，是有點衝動想試試。」

　　女臉紅紅的：「好吧，今天破例一次給你吃！」然後低下頭。

　　男的把口紅拿起來，一口咬下去……

去旅行的暗示

文：破風

　　幾個朋友聊天，談到去旅遊，有一個男的最愛旅遊，說計劃要到京都好好看古蹟，越談越開心。之後剩男女二人，大家談得非常投契。

　　女：「你計劃什麼時候去京都？」

　　男：「就在下個月啊！」

　　女：「會去玩幾天呢？」

　　男：「上次去京都太匆忙了，這次想久一點，大概一星期吧，那邊很多日本的古蹟，可以仔細的看看。」

　　女：「其實我也很喜歡京都，對歷史都很有興趣，我也一直想去看看那邊的古蹟，那我們一起去吧！」

　　男：「啊，這樣子啊，但是我旅行都習慣一個人自遊行的啊！你再找其他朋友陪你吧！」

　　女生傻眼……

有錢少爺

文：破風

在一家高級餐廳裡，男生匆忙入座

男：「抱歉！我遲到了，我的管家剛剛開車走錯路了。」

女：「沒關係，我也剛到！」

點菜時

男：「你想吃什麼？」

女：「我都可以，你作主吧！」

男：「好吧！其實我的管家早已幫我們訂好這裡最有名的龍蝦及和牛了！」

女：「啊，你們管家很棒啊！」（心想：他有管家安排好一切，身家應該不少的啊！）

女：「待會吃過飯後，我們去那裡逛逛呢？」

男：「我想一下，不然問問我的管家……」拿起電話，按了鍵便說：「媽媽，等等我跟約會的女生到那裡逛比較好呢？」電話結束後，跟女生說：「我的管家說，可以到情人橋，他還會送我們過去呢！」

女生翻白眼……

忘不了的前任

文：破風

　　女：「寶貝，如果你那位你忘不了的前任打電話找你，你會怎樣？」

　　男心想：（這個時候，一定不能說前任的好話！）「我會跟她說：『我現在已經有一位很好很好的女朋友啦，叫她不要再找我！』」

　　女：（生氣）「所以，你真的有一位你忘不了的前任啊！」

　　Ｘ　Ｘ　Ｘ　Ｘ　Ｘ

　　男心想：（這樣不行，我要改一下講法！）「我都沒有忘不了的前任，不會有這樣的電話的。」

　　女：「原來你貪新忘舊，有了新的就把過去的都忘了～～～～」

　　男：「……」

100

♀ 破 風 ♂

真的在做雞

文：破風

　　兩位女生在聊天，其中一位說這個月又交不起房租，她的朋友請她跟房東談談，或許可以稍晚一點才交租。

　　欠租的女生輕描淡寫的說：「其實之前試過，但房東要她一個月要做雞四次。」

　　她的朋友嚇了一跳：「怎麼可以這樣啊？」

　　「我覺得這沒什麼啦！好吧！等等房東就會來，你先出去一下！」

　　朋友出門後，再多叫兩個女生來，然後折返欠租女生的家，來到她的住所門口按門鈴，欠租女生說房東來了，請她們等半小時。

　　這時朋友們覺得情勢不妙，一直在按門鈴。這時門開了，是一位中年大叔，女生們猜想一定是房東，便一起向他打下去……

　　房東被打，並喊救命，欠租女生也嚇一跳，這時大家看到，欠租女生穿上了圍裙，把一隻烤雞端上餐桌。

　　原來，房東知道欠租女生有困難，也知道她很會做菜，特別是烤雞，剛好房東也最愛吃雞，便大發慈悲，讓欠租女生一個月做四次烤雞給他錢，當然，買雞的費用也是房東出的。

　　所以……

　　不能只看表面，事實跟你想像的都不一樣。

別人家的老公
就是不會讓人失望

文：六色羽

　　「隔壁的小茹真的好命，每天出入都是雙Ｂ，還住在別墅裡，女兒也是上最好的私校……」

　　說到此，老婆哀聲嘆氣，老公賊賊的瞟了她一眼後，繼續滑他的手機。

　　老婆見他無動於衷，噘起嘴繼續抱怨：「聽說她老公每個月都給她快十萬的生活費哩，難怪她每天都打扮的光鮮亮麗，上上下下都是名牌，那個包厚，出門從來就沒見她重複過。」

　　老公不勝其煩，正想起身走人時，老婆又添油加醋的說了一句：「我記得她有一次還跟我炫耀，她自結婚後，從來都沒自己洗過頭，都是去美容院做的。」

　　老公終於沒好氣的開口：「妳到底有完沒完？」

　　「沒完！誰叫我老公什麼都不會給我……」

　　「住在這這麼多年了，妳見過她老公嗎？」

　　老婆委屈頂回：「反正別人家老公就是比你好。」

　　「既然那樣，小茹她老公跟妳住了這麼多年，妳怎麼都沒發現他的好？」

梁祝戀

文：六色羽

梁山伯踏著迫不急待的步伐要到祝家提親。和祝英台同窗共硯了三年，在校時，兩人孟不離焦、焦不離孟，梁山伯已對祝英台產生超乎友誼的情愫，他認定此生非英台不娶，相信英台對他也同樣一往情深，非他不可。

英台的父母得知女兒終於有人要上門提親，興奮的有些手足無措，連忙囑咐丫嬛把全世界最美的胭脂妝容給小姐點上。

滿心期待的梁山伯好不容易趕到了英台家，一進門，見到從房裡緩步走出的祝英台的瞬間！

她粗獷的臉上有五顏六色的妝、俐落剛強的長髮被梳成公主頭，上面插了好幾朵嫣紅芍藥、如夢似幻的粉系絲綢穿在骨感挺拔的身軀上，不見一點波濤起伏的浪。

祝英台深情款款的看向有些呆若木雞的梁山伯，羞澀地喊了一聲梁兄，她父母也熱情的說：「梁公子，這是我們家的女兒，英台。」

梁山伯楞住，深受打擊的向後顛簸了一步，搗著頭，痛苦的說：「他是女的？我的英台怎麼會是女的？」

梁山伯跌跌撞撞的走出祝府後，自胸口嘔出一灘血，回家後失望的盯著床前那根棍棒，就病歿了。

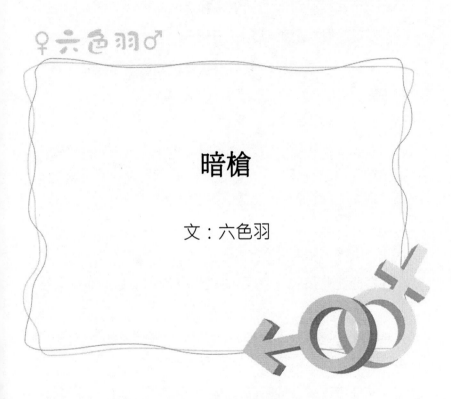

暗槍

文：六色羽

　　一大清晨，艾咪聽到一聲淒慘的尖叫聲，她驚醒，恍惚中，以為是四歲兒子出了什麼意外在尖叫，正要起身衝出去查看時，老公只穿一條內褲率先驚慌失措的衝進房，搶走艾咪身上的棉被就躲了進去。

　　艾咪楞住：「到底發生什麼事了？」

　　「妳兒子瘋了，一大早跟我要玩具槍，還死命抓著我不放。」

　　就為了這小事！

　　艾咪看向六點的時鐘，難得可賴床的假日，卻被這對瘋狂又精力充沛的父子給毀了，兒子震天的哭聲緊接轟隆進門：「媽媽──爸爸不給我──玩具──」

　　艾咪憤怒的瞪向老公：「給他啊──」這兩人真的很找死，吵醒老娘的好夢。

　　老公正想解釋，兒子繼續哭哭啼啼告狀：「他不給我……還藏起來了……」

　　艾咪將兒子攬到懷裡：「凱凱乖，爸爸藏在哪？他不給你我就把它給折斷，媽說到做到。」

　　「他把槍藏在他的內褲裡……」

騙婚

文：六色羽

　　仙女替仙蒂瑞拉妝扮成水晶公主，還將破銅爛鐵用魔法掩飾成賓利車；由壁虎變成的司機，載她去帝國大廈見大家夢寐以求的富二代。

　　富二代果然對仙蒂一見鐘情，還被她頭上、耳朵和脖子上顆顆飽滿的鑽石飾品給閃得頭昏眼花。十二點鐘聲正敲響，仙蒂欲擒姑縱的跑了，只留下一隻已成為絕響的名品玻璃鞋，光一隻就價值上億。

　　富二代一家人無不扼腕，開始大張旗鼓的找擁有另一隻鞋的仙蒂。仙蒂和仙女眼見計劃奏效互擁而泣，她們終於找到可脫貧的長期飯票。

　　期待的洞房花燭夜來臨，床上，富二代款款的對仙蒂說：「我們既然已經成婚了，我就不能再瞞著妳一些事。」

　　仙蒂天真的躺在他胸膛甜甜的問：「什麼事？」

　　「妳可以把那些價值連城的金銀珠寶和玻璃鞋借給我爸嗎？他的公司破產了。」

　　「什麼！」仙蒂晴天霹靂。

　　「妳不要也不行，因為妳沒簽婚前協議書，妳的就是我的。」

　　仙蒂莞爾一笑：「反正那些全是仙女變的，不是真的。」

早餐

文：六色羽

　　光想莉莉等會起床喝他打的蛋蜜汁的模樣，傑克就硬了起來，還不小心打翻盤子裡沒用到的蛋白兜頭流滿他褲襠。他手忙腳亂脫掉黏糊糊的褲子想清理時，竟赫然噴發，全要命地打在剛剛放蛋的鐵盤子裡。

　　「喔～」傑克看著一團亂的褲襠，連忙往廁所裡衝。

　　睡眼惺忪的莉莉走到廚房，看著流理台上滿是她最愛的食材，幸福的笑了。一個大男孩為她下廚把廚房搞的一團亂，她決定接手煮好剩下的早餐。

　　她流利的拿起土司丟進盛滿蛋白的鐵盤等它吸飽蛋汁，放入烤箱；再打了兩顆蛋加入牛奶愉快的攪拌倒入鍋中做歐姆蛋，旁邊多餘空間順便煎了兩根肥厚的大熱狗，麻利的撒下胡椒和玫瑰鹽，土司正好噹得跳出！

　　傑克走出浴室，楞楞的看著被吸乾的鐵盤，盤子上還殘留土司和歐姆蛋的屑屑。

　　莉莉對滿桌豐富的早餐咬著烤好的土司說：「快來吃早餐啊！雖然土司味道有些怪。」

　　「嗯……嗯……我剛剛拉肚子，什麼都不想吃！」

李更強

文：六色羽

　　「剛強，跟我來一下。」老闆滿臉慍色的站在走廊上，對遲到一個小時的李剛強說。

　　李剛強吞吞口水，他的慣性遲到終於讓他惹禍上身，同事都以同情的眼光目送他跟著老闆走到陽台。

　　「對不起老闆，我知道我每天遲到不對，全是因為我老婆……」他欲言又止，一臉難色。

　　「你老婆跟你遲到有什麼關係？」老闆緊抿著嘴，顯然覺得他在推卸責任。

　　「好吧，就算你老婆是Ｄ罩杯、柳蠻腰又有天使的面孔，也不能成為你每天遲到的藉口。」老闆有些動了肝火。

　　「我老婆每晚都跟我要了十次，所以……」剛強顫抖著手點煙，煙很快即被冷風給吹散。

　　老闆盛怒：「你信不信我現在就叫你走人？」

　　「她有性成癮的問題。」剛強拿出老婆留在他口袋裡的藥單亮給老闆看。

　　老闆兩眼瞪得老大瞪著他的褲襠：「你怎麼可能滿足得了她？」

　　剛強又拿了一張他帥帥的照片給老闆，老闆噘起嘴不解怒道：「給我看你的照片幹嘛？」

　　「那是我雙胞胎弟弟，叫李更強。」

性騷擾

文：六色羽

　　一大早進教室茱莉就發現抽屜裡有一封情書，她疑惑的躲到廁所打開，粉紅色的信封裡就放著一根麥稈，白色便條上署名：「密歐」。

　　茱莉翻白眼，將麥稈給沖進馬桶裡。

　　第二天，抽屜又有第二封信，她打開，裡面放著一隻鋼筆；第三天是一隻獨角獸的角，緊接著第四天直接一支假陽具！

　　茱莉煩不甚煩一狀告到教務處，但密歐僅僅被記了支無傷大雅的警告，然後繼續。

　　茱莉忍無可忍的傳了封簡訊給密歐，要他下課後到A棟圖書館見面，密歐喜出望外，一下課便迫不及待的赴約。他人才到就被等在那許久的茱莉給拉進閱覽室的廁所，壓到牆面上。

　　「喔～這麼心急啊小寶貝？」

　　「我打算一畢業就去泰國……」

　　「為什麼要去泰國？」難不成她希望他跟她一起渡假？

　　茱莉緊貼住密歐的下半身，一股又硬又熱的震撼頂在他腿上，密歐這才恍然發出見鬼的慘叫：「不是吧！」

知己知彼

文：六色羽

公司聚餐 Party 上，一個愛拍上司馬屁的女主管向一群人走了過來，開始肆無忌憚的向底下職員炫耀：「告訴你們，我就是因為比你們懂老闆所以才能坐上這個位置，要抓住她的心其實很容易。」

「喔～所以妳很懂老闆囉？」

女主管運籌帷幄的得意說：「其實要弄懂老闆，就先搞定她的女祕書，讓祕書吐出老闆不為人知的祕密，就很好掌握一個人。」

「所以妳知道老闆什麼不為人知的祕密？」

女主管鬼祟的奸笑：「我啊～知道老闆G點在哪？」

「喔～」眾人彷彿聞到一鼓魚腥味，各個露出厭惡的神情底頭喝自己的悶酒。

「對了，老闆和祕書兩人今晚怎麼沒來？」女主管這才恍然奇怪。

老闆的男閨蜜不急不徐的說：「她們兩人剛剛被醫院通知染上菜花，雙雙去醫院複診。」

女主管驚訝的脖子拉得宛如駱馬，連忙跑到廁所刷牙和舌頭。

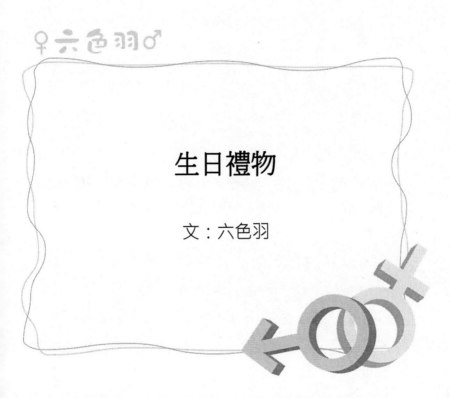

生日禮物

文：六色羽

　　曉鈴興高采烈的等待著阿凱打開盒子看到生日禮物那一刻！

　　阿凱目瞪著盒子裡的手機吞吞口水。

　　「這款手機可是限量版的喔。」曉鈴迫不急待的問他：「喜不喜歡？」

　　阿凱不太滿意，但仍虛與委蛇的對她露出驚喜的微笑：「只要是妳送的我就喜歡囉。」

　　隔天，曉鈴去閨蜜家相約一同看電影，一進閨蜜房間，眼睛即被一台十分熟悉的手機給吸引。

　　趁著閨蜜去廁所，曉鈴拿起那支手機一看，果然和她買給阿凱的一模一樣，手機後面還有她特地刻上的小愛心。

　　她點開相簿裡的照片，全是阿凱的獨照！

　　但閨蜜應該還未見過新男友阿凱才對啊？

　　閨蜜從廁所一回房，曉鈴就不由分說的往她臉上呼一巴掌，怒問：「這是我送我男友的生日禮物，怎麼會在妳房間？」

　　閨蜜臉發燙背脊卻一陣發涼：「那手機是我爸小男友送他的。」

求婚

文：六色羽

　　木暮抱著一大束玫瑰花，緊張的坐在女友客廳，他一顆心七上八下的不斷偷偷睨睇著坐在斜對面的丈母娘，場面即凝滯又尷尬，不知道要跟她說什麼？只是隱隱不斷聽到自己強烈的心跳聲。

　　這小子還真有心，為了追女兒小桃，不但帶了那麼一大把玫瑰花，還特地買了一大籃她最愛吃的水蜜桃和一盒雪花糕來孝敬她。

　　丈母娘喜滋滋的對木暮笑，這未來女婿是越看越上眼。

　　小桃打扮的花枝招展終於自房間走了出來，對木暮靦腆一笑，好一對金童玉女，母親都為他們感到高興。

　　木暮嚴肅的鼓起勇氣說：「小桃……有件事我一直沒告訴妳，我今天是來求婚的。」

　　小桃臉剎地鴕紅，母親也欣慰的快要喜極而泣！小桃羞澀的望著木暮點頭，得到她的首肯後，木暮抱著玫瑰越過小桃，單膝跪在丈母娘面前，深情款款的對她說：「伯母，打從第一眼見到妳，我眼裡就再也容不下任何一粒沙了，請妳嫁給我吧！」

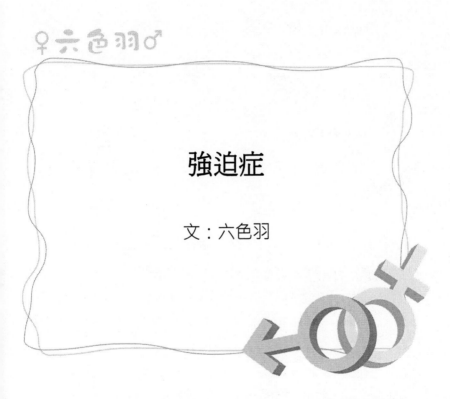

強迫症

文：六色羽

「我無時無刻都覺得嘴巴很臭，想刷牙。」查理躺在診療椅上，沮喪的盯著天花板對醫生說。

「你這是強迫症。」

查理絞著十指、皺著眉問：「很嚴重嗎？」

醫生解釋：「強迫症通常是發生了不幸的事引起的壓力，患者不斷強迫自己去執行某個行為，以減少焦慮。你想刷牙的行為，是從什麼時候開始的？」

「一個月前。」

「那個時候，有發生什麼重大事件改變了你原本的生活嗎？」

「我被前一任公司給 fire，但在那同時我又找到另一份工作，而且女朋友也正好是新公司老闆的女兒。」

新公司和新女友是好事，應該不是他的病因，醫生不解追問：「說說你被前任公司 fire 的過程。」

查理說了一大堆，但全是一些不痛不癢的小事，醫生無法從其中找到病灶，直到他女朋友來接他，醫生遠遠的就聞到一股含有大蒜的怪味，女朋友在診間裂齒向他們微笑的瞬間，醫生幾乎窒息，再問他：「你新公司是做什麼的？」

「老闆是賣臭豆腐的。」

誰是誰？

文：六色羽

「喂，我在樓下了，幫我開門……」

「什麼──」睡午覺的婉婉從床上跳起，激動的拍打睡在一旁的阿政：「你快起床躲起來，我老公回來了！」

「什麼！」阿政自床上蹭跳起來，手忙腳亂的撿他脫得四處的衣服和褲子，就想鑽進床底。

婉婉對他大喊：「那裡不行，堆滿了箱子，躲窗簾後面。」

阿政連忙兩步當一步跳到窗簾後面，婉婉又大叫：「你的腳露出來了啦！衣櫃衣櫃，那裡應該還有空間……」

阿政抱著衣服衝進衣櫃，努力將自己龐大的身軀硬是擠了進去。聽到客廳傳來婉婉開門後的聲音：「太太您好，我是您昨天預約華華電信公司來例行檢查的人員。」

婉婉楞住！原來回來的不是……老公！那麼在房裡的人是……？

她走回房間怯怯打開衣櫃，阿政這才恍然看清楚老婆，原來……他是在自己的家睡午覺！

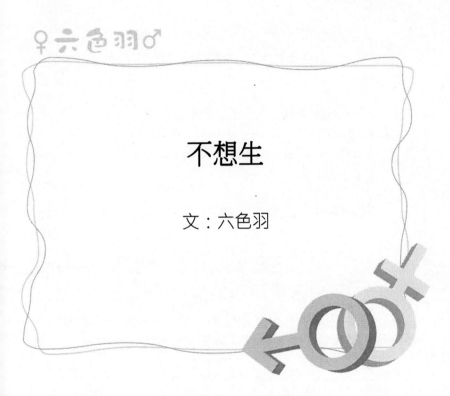

不想生

文：六色羽

　　上班中的淑芬突然接到婆婆自家裡打來的緊急電話，要她趕緊回家一趟。沒想到她一回到家裡，就看到一個年輕漂亮的美媚，頂著大肚子，坐在他們家客廳裡頻拭淚。

　　「自從我有了孩子後，妳先生就不再理我了，」美媚淚眼汪汪的懇求她們：「求妳們至少留下孩子，孩子是無辜的。」

　　淑芬傻眼，但婆婆反倒是指著她的鼻子怒罵：「還不都是妳老喊著不想生，他才會跑到外面找別的女人生，這全都要怪妳！女人不生小孩，就是個不完整的女人，當人家什麼妻子？」

　　淑芬氣得一口血幾乎要嘔出時，老公正好進門回家。

　　淑芬不由分說趨前對老公當頭一巴掌呼過去：「你真行，把女人肚子搞大還找到家裡來！」

　　婆婆將打兒子的淑芬推倒於地：「妳自己不生讓別的女人幫我兒子生，妳還在那囂張什麼？」

　　沒想到這時淚眼盈眶的美媚連忙幫忙釐清：「孩子不是他的，是他的……」她指向跟在老公身後進門的公公。

中獎

文：六色羽

「什麼，竟然要二萬塊？」

曾曉企瞠目結舌的看著坐月子餐的天價表大叫！

不就生個孩子吃一個月的飯而已，竟然就要那麼貴？又不是什麼多麼嬌貴的身軀，有必要吃得那麼好嗎？

曾曉企當下就退掉了老婆彌娟那份最低等級的月子餐，改成他媽媽親自下廚煮，也只丟一萬塊伙食費給老媽，就要她包煮包嬰包到底。

婆婆做得很不甘心，於是餐餐只給媳婦吃水煮麵，頂多麵裡多加顆白煮蛋或幾塊瘦肉，就交差了事。

阿娟吃得面黃肌瘦，因為營養不良不但沒有奶水，還常餓得頭昏眼花的想吐，連孩子都沒力氣專心顧。見她一臉病懨懨，婆婆嫌惡地酸道：「矯情、公主病……」

曾曉企受老媽的影響，看阿娟成天躺在床上也不怎麼顧孩子頗不順眼，於是向還在坐月子的阿娟丟了一綑發票說：「反正妳也閒著，把發票對一對，不然簡直快成廢人了。」

當天他下班後，對完的發票被阿娟扔得滿床，但她和孩子已人去樓空。

我這輩子只愛你

文：六色羽

「小晴，我這輩子只愛妳……」

隔壁的阿瑞又拿著一朵玫瑰等小晴下班回家，她翻了白眼越過他，砰得把門關上，讓阿瑞再次熱臉貼她的冷屁股。

不婚主義的小晴從來也不相信愛情，更不相信男人口中的「一輩子只愛妳一個」的屁話。

某天假日，小晴在一樓等電梯時，看到管理室有一封阿瑞的信，便順手向管理員要了一同拿上樓給他，但她卻對信封裡的內容充滿好奇。

隔天下班，阿瑞照常等門，也對小晴說了同樣的話還外加：「妳願意嫁給我嗎？」

沒想到小晴竟一口回他：「好，我答應你。」

「什麼！」阿瑞驚訝的久久無法回神，不明白她為何會改變心意？

「你不是說一輩子只愛我一人，我相信你，因為你這輩子也不長了，沒時間讓你變心。」她把昨天醫院寄來的檢查報告塞到他懷裡。

見公婆

文：六色羽

　　第一次和男友郝友錢的父母見面，茉茉緊張到不行，全程謹言慎行，希望給對方留下好的印象，因為郝友錢是個財力十足的長期飯票，她不想輕易錯過，但男友父親卻對她上下一陣打量後，眼中充滿敵意，讓她打了一身冷顫。

　　幾天後，郝友錢竟就向茉茉求婚，茉茉喜極而泣一口就答應！沒想到她無背景無家世更沒有美貌，也能找到高富帥的好男人嫁了！她從此沉浸在準備婚禮的蜜月期中，好不幸福。

　　直到有天，郝友錢突然中午休息期間打電話給茉茉，要她回他家一趟幫他拿文件，他有重要會議非要那文件不可。

　　茉茉感覺他們好像已是新婚夫妻十分暖心便從容答應。才到他家門口，就聽到屋裡的准婆婆對准公公咆哮：「又來了！你這老色鬼為什麼老是想對兒子的女友下手蛤？你就是那麼風流，風流到連媳婦我都得逼兒子娶最醜最沒條件的。」

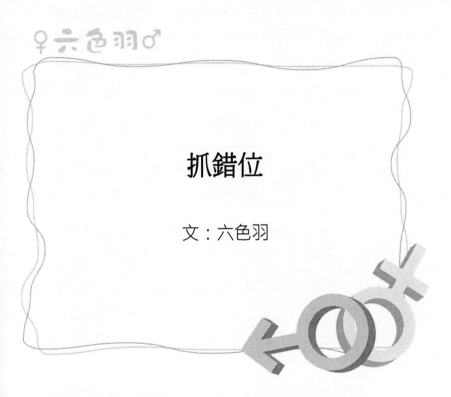

抓錯位

文：六色羽

「為了抓住他的心，我每天早上五點半就起來準備早餐，和要讓他帶去公司的便當。光是早餐我就為他準備過芝麻蔥燒肉夾蛋餅、花生全麥蔬食三明治、韓式馬鈴薯起司貝果，有時候是中式餐點如絲瓜麵線、蛤蜊熬粥等……他媽都沒替他做過那樣的早餐！結果他還是給我在外面有了女人！」

美芳崩潰大哭，心理醫生連忙將衛生紙遞給她。

光早餐就搞得宛如拜公媽的澎湃，午餐和晚餐一定也相當壯觀，這丈夫真是個生在福中不知福的渣渣。但也因為妻子這樣無私無悔的奉獻，才會把丈夫的胃口養得那麼大，大到連眼睛都退化了，只剩生殖器。

心理醫生緩緩的問：「除了美食表現愛，你們最近一次行房是什麼時候？」

「他已經一年多沒碰我了，老是說我在床上像個木偶。」說到床事，美芳淚又止不住的下了：「人家說，要抓住男人的心就要先抓住男人的胃，難道我做的還不夠嗎？」

心理醫生嘆了一口氣：「抓住男人的胃是沒錯，但妳的例子是，抓得太上面了。」

♀六色羽♂

討債

文：六色羽

「妳幹嘛非宗仁不可，他就很渣很風流啊！」

「我就只愛他，我就是非他不可。」陶陶噙著的淚終於流了下來：「但他每次跟我約完炮，下次再約，他就連我的名字都不記得了！」

閨蜜見她對宗仁那樣執迷不悟，也不知該說什麼才好？但突然靈光一現對陶陶說：「妳明天再跟他約在妳家打炮，我有辦法了。」

第二天，陶陶牽著宗仁的手正準備回家時，一群混混突然向前扯住了陶陶的胸襟，兇神惡煞般的怒道：「妳欠我的錢今天再不還，我就砍斷妳的腿。」

陶陶被他們手上的開山刀嚇得腿軟大哭，但她怎麼求饒，惡煞們都不肯罷休。

一旁的宗仁雖也被嚇得六神無主，但最後還是拿出了男人的氣魄說：「她到底欠你們多少？」

惡煞的牛眼瞪向宗仁：「也沒多少，才一萬塊而已。」

宗仁不太情願的掏出皮夾，幫陶陶先墊付了那筆欠款解圍。

從此以後，陶陶過著樂陶陶的日子，因為宗仁再也不會忘了她的名字，還整天追著她跑。

愛要怎麼做？

文：六色羽

　　阿甘抓著情聖不放：「大聖大聖，快點教我愛要怎麼做？」

　　大聖掠掠額前遮住矇矓雙眼的瀏海：「你是沒有嘴巴嗎？有愛，就勇敢的向對方說出來。」

　　「說了，但妹叫我去死！」

　　大聖臉一沉，嚴肅的說：「當我們和對方四目交接超過一段時間後，身體就會分泌愛的荷爾蒙，自然而然就會有幸福、溫暖、想與對方連結的感受，所以誠懇的看著對方很重要。你說時，眼神有沒有充滿熱忱的直視對方的眼睛？」

　　「有看著她，但她說我噁心死了。」

　　大聖一副饒了我吧，只好使出必殺絕技：「你有錢嗎？」

　　阿甘猛點頭：「有！」

　　「很好，有錢就有鈔能力，讓她看看你口袋的深度……」大聖拍拍他的肩加碼再下狠招：「還要讓那個妹體會『**姿勢**』也是一種力量，之後她就會完全非你莫屬了。」

　　「但我大學沒畢業，沒有知識怎麼辦？」

　　「等會回宿舍我教你。」

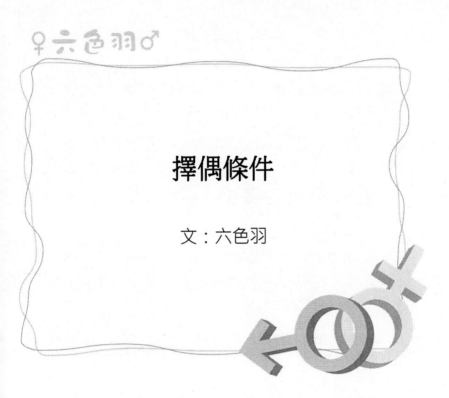

擇偶條件

文：六色羽

「妳的擇偶條件是什麼？」宅男問線上的女網友。

女網友 PO 了一個賊賊的微笑：「當然是長的帥的。」

「就只有那兩個條件？沒有其他的？」

「當然囉！」女網友斬釘截鐵的神回，意外他懂。

宅男很不以為然：「但長，不一定久；帥的可是很花心喲。我的可是『勃‧大‧精‧深』，妳不希望長長久久嗎？」

女的嗤得笑了出來，反問：「那你的擇偶條件又是什麼？」

「長髮大波浪，妳是嗎？」

「浪太大，小心會溺水淹死你!」

宅男呵呵笑道：「妳忘了我『勃‧大‧精‧深』嗎？淹不死我。妳若符合前面兩項條件我們要不要見個面？看我能潛得多深啊？」

「免談，我這裡風平浪靜的，不想乘風破浪。且我是外貿協會董事長，這裡人才濟濟，很多經驗豐富又長的帥的船長。」

助攻

文：雪倫湖

　　一對交往兩年的男女，感情甜甜蜜蜜，平穩安定。男方覺得是時候步入人生下一個階段，於是費盡心思，準備鮮花和戒指想向女友求婚。

　　讓他意想不到的是，原本以為女友會開開心心的接受，但迎接他的卻是支支吾吾地拒絕。

　　一次的失敗，並不會讓他感到氣餒，男友再接再厲，三個月後又再次求婚，女友依然言詞閃爍，表示時機尚未成熟。男友在租賃處，準備第三次求婚，依然失敗告終，他終於忍不住動怒：「我們感情好，也很少吵架，如果結婚，不是更好嗎？妳一而再，再而三地拒絕。請妳告訴我，拒絕我真正的原因是什麼嗎？」

　　只見女友深吸了一口氣，說道：「還不是因為經濟尚未穩定嗎？」

　　男友問道：「那要如何妳才會答應我的求婚呢？」

　　女友受不了男方咄咄逼人，敷衍道：「好啦，如果你手邊有塊地，我馬上答應。」

　　「曾友虔先生，你有『快遞』喔！」此時，外門突然出現郵務人員宏亮的聲音。

　　兩人面面相覷，男友歡快地說道：「老婆。」

Who Is She ?

文：雪倫湖

朋友戴維最近和女友莉絲吵一架。

真是天外飛來的誤會，但是澄清卻覺得搞笑。

戴維最近工作量暴增，常常要加班，原本約好要吃晚餐或看電影，因為時間無法配合而臨時改期或取消，由於次數不少，這點讓女友莉絲有點不滿，甚至開始產生懷疑，戴維是不是認識新朋友了。

「真的是因為加班嗎？還是另有原因？」莉絲暗揣，忍不住打了通電話給戴維。

「你還在公司加班嗎？」莉絲問道。

「對。」

「是嗎？跟誰一起在公司？」莉絲故意問道。

「曉珊。」戴維答道。

「小三？你老實交代，這個小三是誰？」莉絲怒斥道。

「我同事。」戴維如實回答。

莉絲一愣，他也太老實了吧，竟然真的回答。

最後，莉絲大發雷霆，戴維只覺得莫名其妙，經過唇槍舌戰後，才發現，原來此「曉珊」非彼「小三」。

烏龍一場。

鹽酥雞的新衣

文：雪倫湖

男女交往時，前十名 NG 行為，其中一項是「吝嗇」。

千萬不要小看這一點，小氣不是病，但是小氣起來會讓人搖頭噴飯。

安琪的男友小齊以吝嗇出名。當時，兩人剛交往幾個月，就發生了足以讓人消遣很久的一件事。

那天是安琪生日，四五個朋友到她家慶生，約莫十一點時，大家仍精神奕奕的玩撲克牌，於是她請小齊出去買一些鹽酥雞，讓大家打打牙祭。

重點是，安琪忘了給小齊費用。

當小齊離開時，大家面面相覷，有人說道：「小齊變了，竟然沒拿錢，主動請客。」

當他回來時，果然「不負眾望」，他還是大家認識的小氣齊。

小小的一袋，沒有鹽酥雞，只有甜不辣，以及一堆免費的九層塔。

大家望著這包迷你宵夜，很有默契的噗哧一笑。

小齊無所謂地說道：「鹹酥雞容易發胖，為了大家著想，所以我只買一點點甜不辣，貼心吧。」

大家後來把這件事，稱為「鹹酥雞的新衣」。

理直氣壯的小氣，更容易惹毛別人。

小齊身體力行的實踐。

「緣」來是你

文：雪倫湖

　　史東國小畢業後就前往美國讀書，大學畢業後還在美國工作了幾年才回台灣，因此對於成語或比較艱澀的中文，使用起來並不太熟稔，鬧過不少笑話，沒想到因為一次的笑話，反而促成良緣。

　　某天，史東去參加朋友生日派對時，大家在餐桌上聊得非常開心，氣氛非常熱絡。史東突然說道：「真是一竿子打死一船人啊。」

　　有時候用錯詞，大家可以選擇沒聽到而跳過，避免難堪。但是，有個白目的友人，忍不住笑道：「哈哈哈，應該是打翻一船人吧，沒必要打死吧，這也也太嚴重了。」

　　史東發覺自己又說錯話，還被當眾嘲笑，頓時覺得尷尬，臉一陣青一陣白，很不自在。

　　沒想到一個史東不認識的女性緩頰說道：「其實也沒錯啊，古時候如果大家在一條船上，船翻了基本上也等於離死期不遠。」

　　大家點點頭同意，換了下一個話題。

　　這貼心的舉動，讓史東留下深刻印象。

　　後來，這竿子沒打死人，反而將兩個「有情人」連在一起。

　　同舟共濟。

喜出望外

文：雪倫湖

　　媽媽和女兒正在家裡喝咖啡，聊是非。

　　「妳親爸對我已經冷淡許久，妳有沒有什麼好方法可以增進我們的關係呢？」母親眉頭緊蹙，向女兒討救兵。

　　「有啊。但是，如果成效卓越，可以討個賞嗎？」女兒期待地問道。

　　「妳要什麼禮物？」

　　「T牌戒指，因為價格不斐，我實在下不了手。」女兒答道。

　　「成交，如果妳的建議是可行的。」

　　「跟爸爸去兩天一夜旅行，將自己好好打扮，兩天都盡量『溫柔』和『撒嬌』，可能有點難度，但是，熬過去應該就能水到渠成。」女兒故做神祕兮兮說道。

　　「睡」到渠成？ 對女兒的幽默，媽媽點點頭，完美達到錯誤理解。

　　兩人旅行回來隔兩天，女兒看到禮物後會心一笑，因為她看到她房間的桌上，擺著除了T牌戒指之外，還有——

　　T牌項鍊和手鍊。

送禮之藝術

文：雪倫湖

雷德最近跟交往半年的女友吵了一架，幾乎要分手，心情鬱悶的他，找來朋友唐凝喝咖啡，順便聽聽女性對於他們吵架的原因，提點中肯的意見。

「雷德，你們究竟又為何吵架啊？」

「女人心真的是海底針，我也覺得莫名奇妙啊。就前天她生日，這是我們第一次共度生日，所以我為了討她歡心，還事先問了她想要哪種禮物。誰知，她只是笑笑說禮物說出來就沒意思，她想要的很簡單，就是可以隨時帶在身邊，讓人有安全感，禮輕情意重的禮物。」

「結果你送了什麼？」唐凝感覺不妙，一陣陰風迎面吹來，讓人忍不住打了寒顫。

「一打設計過的口罩啊。可以隨時『戴』著，薄薄輕盈的一片，讓人覺得安心，而且有保護作用，完全符合禮輕情意重的定義。」

「這……難怪她生氣。」唐凝忍不住大笑。雷德女友可能是暗示戒指類的飾品，然而到了雷德耳裡，天差地遠。

理性和感性，果然結果不同。

膽大包天

文：雪倫湖

電影院，人聲鼎沸

時間已經十一點了，琳晨怒氣沖沖地看著手錶，和男友艾瑞克約好要看十點半電影，結果男友不知何故，已經遲到了近半小時之久。

「不好意思，我遲到了，琳晨。但是我有正當理由，妳先聽聽。」姍姍來遲的艾瑞克，準備解釋。琳晨性格搭配的文字，可謂河東獅吼。

琳晨一臉不悅，「說吧，哪來的膽，和我約會還敢遲到了半小時？」

艾瑞克苦笑說道：「我膽大包天啊，剛剛還被誤會罵警察呢？」

「發生什麼事了？」琳晨著急問道。

「剛剛來的路上遇到臨檢，警察問我手裡拿著是什麼飲料，我不假思索說道：『什錦茶』（諧音：死警察）。聽完後，他就勃然大怒，要我下車。」

原本一臉怒氣的琳晨，聽完艾瑞克娓娓道來的委屈後，忍不住噗哧一笑。

不悅的心情，頓時煙消雲散。

錙銖必較

文：雪倫湖

節儉是好事。

但是過度節儉，變成吝嗇，就是另外一回事啦。

書菲的男友鎮宇，是大家公認的「鐵公雞」。尤其是書菲，更是深受其害，最後，因為一杯紅茶，在分不分手的十字路口，決定選擇前者。

在鎮宇小氣的豐功偉業中，其中一個經歷，讓書菲記憶猶新，哭笑不得。

當時，兩人逛街時，因為口渴，到茶飲店買飲料，書菲喜歡奶茶，然而因為當天茶飲店有活動，紅茶買二送一，只要六十元。因此鎮宇『強烈』建議兩人都買喝紅茶，還能得到送一杯免費紅茶。

因為鎮宇的堅持，書菲妥協了。

買完飲料後，書菲見鎮宇遲遲不掏錢，因此先付帳。

鎮宇將三十元拿給書菲，不占對方便宜。

由於當天天氣炎熱，因此書菲喝完自己買的紅茶後，把另外一杯贈送的紅茶，也喝了半杯。

只見鎮宇擺了一張臭臉，書菲不解問道：「怎麼了，你的臉色看起來不太好？」

「首先，我要先聲明。我不是計較那杯免費紅茶，而是這是做人的基本原則。這三杯紅茶是我們一起買，妳要喝之前，是不是要先問我？」

原來是一杯免費紅茶引發的慘案。

　　書菲雖然覺得小題大作，但是還是緩頰，「這次是我疏忽，下次我會先詢問。」

　　「好，下次記得先詢問，尊重別人。對了，因為妳喝了兩杯，所以妳還要再還給我十元。因為三杯六十元，一杯十二元。」

　　原來，真正的源頭是「十元」。

　　書菲急忙掏出十元。

　　也將自己的心，漸漸從鎮宇身上掏回來。

無理取鬧

文：雪倫湖

小馬與女友凱茜交往半年。

剛開始如膠似漆，但是最近凱茜會為了莫名其妙的事情鬧情緒，讓小馬不堪其擾。

有時候，卻也忍不住因為太荒唐而爆笑。

某次，我和他們聚會時，就親眼目睹一場鬧劇。

凱茜問小馬：「我明天要去聚餐，穿洋裝還是套裝好？」

小馬沒注意聽，隨口答道：「套裝好了。」

凱茜不開心地說道：「所以，你是說我不適合穿洋裝嗎？」

小馬亡羊補牢，「不不，都好看。」

未料，凱茜冷哼一聲：「這還差不多。」

凱茜接著又問道：「那我穿馬靴還是穿一般高跟鞋呢？」

小馬這次不敢再隨口回答，思索了一下說道：「馬靴顯腿長，高跟鞋正式。」

凱茜又喊道：「所以你是說我腿短囉？」

就算凱茜真的腿短，小馬再怎麼勇，也不敢毫無顧忌地說出實話，連忙說道：「不是不是，我只是說出鞋子的優點。」

「那我穿套裝和馬靴去聚餐嗎？」凱茜繼續問道。

「對，這樣搭配好看。」小馬說出他認為安全的答案。

「意思是說我穿洋裝和高跟鞋比較不好看囉。但是，我和你約會常常是這樣的打扮，你也說好看。原來，你平常是在敷衍我囉。」凱茜做出一種似是而非，無理取鬧的答案。

小馬的耐性已經到極限了，沒好氣地說道：「不是，我喜歡妳是因為妳獨特的內在。」

這句話說完，果然又開啟另外一個無限迴圈。

身為朋友，只能在場外加油。

「小馬，保重囉。」

請小心，稱呼

文：雪倫湖

　　某次，我們幾個男人幫閒聊，聊著聊著，突然聊到到對女友的稱呼。

　　大家興致勃勃，深怕別人不知道他們有女友似的，紛紛發表意見。

　　湯米說，我女友最後一個字是晴，我都叫她「小晴」。

　　山姆說：「我女友名字中有個妮，我都叫她妮妮或小妮。」

　　法藍克說道：「我都叫我女友小玲玲，因為她姓林，單名玲。」

　　大家你一言，我一語，說的不亦樂乎。

　　只有詹姆士只忙著回應，卻沒提到自己的女友。

　　「詹姆士，你和女友不是交往一段日子了，這話題怎不見你參與。」

　　詹姆士一臉尷尬，笑著說道：「不好說。」

　　湯姆打趣，「是名字太難聽嗎？說吧，你女友怎麼稱呼？」

　　「她叫馬沈儀。」詹姆士搖頭笑道。

　　「很好聽啊，你都叫她啥呢？小馬、小沈、小儀？」湯米問道。

　　山姆也提出建議，「你也可以學我叫疊字，馬馬、沈沈，或是儀儀。」

小馬（媽）、小沈（嬸）、小儀（姨）？

馬馬（媽媽）、沈沈（嬸嬸）、儀儀（姨姨）？

兩人說完後，大家突然意識道諧音，笑成一團。

這名字，果然很難叫小名。

哈哈。

讓人噴飯

文：雪倫湖

芬妮的男友林肯，以「小氣」和「更小氣」聞名我們朋友圈。

只要提到吝嗇，沒人敢在他面前稱霸。

有次大家出遊，由於他剛好要下車如廁，於是請他順便到隔壁買手搖飲。林肯本來堅持大家先付帳他才前往，最後由芬妮掏出兩百元解決。

結果，七個人他只買了六杯，芬妮問道：「為何只買六杯？？」

林肯回答：「因為妳給的錢只夠買五杯，剛好有買五送一的活動，所以很幸運買到六杯。沒關係，我不渴，我和妳分一杯。」

「你不渴，我很渴。」芬妮氣到不行。

中午吃飯時是合菜，計算後每個人要付兩百元。

此時，林肯不樂意了，「各位，剛剛蝦子這道菜我沒吃，所以我付的錢要扣掉這道菜，再除以七。」

芬妮忍不住翻了白眼，平常私下相處吝嗇就算了，一起出遊竟然也不會看場合，將平常的「絕活」表現的淋漓盡致，甚至更勝以往。

朋友看在芬妮面子上，不想計較。

好不容易算好後，林肯突然說道：「啊，抱歉。」

大家以為他良心發現，沒想到他接著說：「剛剛白飯我只吃一碗，他們三人吃了兩碗，所以再扣掉十元。」

芬妮強忍住火氣說道：「這樣好了，我先幫你付，我們私下再算。」

從此，林肯成為大家出遊的拒絕往來戶。

畢竟，一碗飯都計較的人，真的讓大家避而遠之啊。

♀雪倫湖♂

暗戀

文：雪倫湖

卡洛一直有個讓人翻白眼的毛病。

她很容易「幻想」別人喜歡她。

每當她提起這些「幻想很豐滿，現實很骨感」經歷，大家總是哈哈帶過，沒人當真。

今天她一半若無其事，一半吹噓開心地說道：

「我跟你說喔，那個帥氣的馬克，今天上課時不是特意坐我前面嗎？」

「妳前面有空位，應該只是隨便坐的吧？」唐妮不以為意。

「不，我覺得他暗戀我。」卡洛一臉興奮，說著讓人摸不著邊際的話。

「怎說？」薇琪隨口提到。

「因為今天上課他一直轉頭看我。上星期他坐我前面時，也是不斷回頭。顯然他暗戀我吧，才會故意轉頭看我，引起我注意。」卡洛一臉驕傲。

卡洛的暗戀理論，很快其他話題蓋過，顯然大家對她的「症頭」，興致缺缺。

幾天後，唐妮收到馬克的告白。

「你不是喜歡卡洛嗎？」唐妮脫口而出地問道。

「沒啊。」

「你上課時不是常轉頭看她？」

　　「啊，妳誤會了。我是轉頭，但不是看她。是看教室後放掛的時鐘，我沒有戴錶的習慣，所以想知道快下課了沒。」

　　唐妮一聽，忍不住搖頭。

　　原來如此，原來如此。

遲到有一千個藉口

文：雪倫湖

喬瑟和愛蜜莉是夫妻，平常如膠似漆，很少爭吵。

然而，愛蜜莉有個很糟糕的習慣，就是時間觀念奇差無比。因此，他們倆每次爭執的原因，都是因為愛蜜莉常遲到。

遲到這種事情，可大可小。所以，喬瑟通常批評幾句，並不會窮追不捨，或是大發雷霆。有天，兩人約好下班後直接到某餐廳吃飯，而愛蜜莉又一如往常的「遲到」。

喬瑟忍住脾氣，試圖心平氣和地問道：「愛蜜莉，這次妳遲到的原因是什麼？塞車、手錶壞掉、睡過頭、身體不舒服、車子拋錨、上司突然要求加班等等，這些藉口都用過了，給我一個新鮮的理由，否則我要發脾氣了。」

愛蜜莉看了看喬瑟，腦中快速思考，然後微笑地說出一個自認為合理，卻讓喬瑟啼笑皆非的答案。

「喬瑟，不是我遲到，其實是你提早到了。」

語畢，兩人突然相視而笑。

幽默的藉口，的確能讓危險的氛圍，煙消雲散。

不是嗎？

As You Wish ！

文：雪倫湖

布魯諾和佩茵是情侶。

兩人交往沒多久，每次只要意見不合，大男人又自私的布魯諾就會說：「聽我的。我人生經驗豐富，決定一定是對的。」

佩茵是個溫和的女孩，即使心中不認同，最後還是會點頭勉強同意。

交往一周年的當天，為了餐廳問題，兩人起了爭執。

因為這是一周年紀念，佩茵希望好好慶祝，餐廳非常重要。對於布魯諾而言，方便又便宜才是重點。

兩人誰也不讓誰，為了結束爭吵，布魯諾故技重施說道：「聽我的。」

這次佩茵難得堅持，不願意點頭，「這次不聽，我一定要去之前提議的餐廳，雖然有點貴，但我期待去這間餐廳期待很久了。」

一聽到很貴，布魯諾更是不能退讓，這次他更加強語氣說道：「聽我的，不然我會覺得我們價值觀差太多，勉強一起沒有意義，不如分手？」

這不是第一次布魯諾為了佩茵妥協，而用「分手」明示暗示她。

佩茵聽到這句關鍵詞，心中突然燃起怒火。

「好，聽你的。」佩茵平靜說道。

「反正最後結果一樣，何必浪費時間⋯⋯」布魯諾一臉滿意。

「聽你的，我們分手吧！」佩茵一臉得意。

只留下一臉訝異的布魯諾。

在原地喃喃自語：「聽我的。」

初戀

文：雪倫湖

朋友史芬的戀愛經驗頗豐富，對於掌握男性心態方面，游刃有餘。她有一個讓大家傻眼又無法苟同的技巧，就是每次只要談戀愛，都會跟對方說這是她的「初戀」。換句話說，史芬定義之前的戀愛都是 puppy love，她不承認是戀愛。

某天，史芬又墜入愛河了，這次她非常認真，覺得對方是她的真命天子，所以她決定認真經營這段感情。只是，當約會時，史芬又忍不住「說謊」了。

「妳有幾任前男友啊？」約會幾次後，史芬的男友問道。

「其實，這是我的初戀。」史芬一如既往地回答。

結果，兩人交往不到一個月，分手了。

原來，男方很迷信，覺得初戀往往不會修成正果。

所以，心中的那道坎跨不過，不想浪費時間，所以和史芬提出分手。

史芬才領悟，之前的愛情都以失敗告終，原因就是因為她的心態。因為她為了迎合對方，常常會說出自以為是的善意謊言，讓對方感受不到真誠。

男女交往，誠實才是上策。

不是嗎？

相親

文：雪倫湖

朋友亞伯，已經過了而立之年，感情生活卻依舊空白。

於是，他開始漫長的相親之路，然而，結果都不如人意。

某次相親，他和女子約在一間價格高，氣氛佳的餐廳。這次，亞伯感到前所未有的喜悅。女孩對他談論的話題都熱烈回應，表現出興致盎然，而且對他讚譽有加。

因此對於女孩點了最貴套餐和紅酒這件事，亞伯開始不放在心上。

亞伯在心中竊喜，經過漫長的等待，終於迎來適合自己的女性，這次的相親，十拿九穩了。

於是，亞伯體貼問道：「妳吃飽了嗎？還想加點其他餐點嗎？」

女孩開心地說道：「可以嗎？我想外帶兩份套餐給我家人。」

亞伯雖然吃驚，不過因為相談甚歡，他還是點頭答應。

結完帳後，亞伯心中雖然淌血，對未來的憧憬，讓他保持愉快心情。

此時，他和女孩說：「我送妳回去吧。」亞伯想在路上和她多聊聊，順便敲定下次約會時間。

「謝謝你，你真體貼，現在很少男人像你這麼紳士了。不過，我朋友會來接我，就不麻煩了。對了，能請你幫個忙嗎？」女孩誠懇詢問。

「可以啊，妳說。」被稱讚體貼的亞伯，有點茫茫然。

「亞伯哥，可以先借我兩萬嗎？我有點急用。」女孩用天真的表情，說出現實的話語。

原來如此！

亞伯一聽，突然明白一切了。

看來，他的相親之旅，還要繼續前進了。

傻眼之約

文：雪倫湖

這是小香有點好笑又傻眼的經驗。

方倫對小香有好感，約了小香喝咖啡。然而，喝完咖啡後，小香再也不想和方倫出遊。

這間新開的咖啡廳，裝潢典雅，咖啡香醇，是約會的好地點。兩人互動還不錯，雖然方倫有點無趣，不過忠厚老實，也算是優點吧。

直到服務生把帳單送來後，氣氛突然凝結。

倆人點的是服務生推薦的招牌咖啡，所以並未確定價格。方倫原本笑著拿起帳單，準備付起身帳，看完價格後，突然又把帳單放回去。他開始講一些似是而非的話，感覺並未專心，只是轉移話題，硬聊了十分鐘。小香一看，以為咖啡太貴，所以她好奇拿起帳單一看。

正當她拿起帳單的同時，方倫突然笑著說道：「這次讓妳請真不好意思，讓妳破費了。」

小香一聽，有點傻眼，她並沒說要請客。原來，傳聞中方倫很小氣，是真的。

最後，她決定付掉帳單，也放掉兩人的可能性。

邂逅

文：雪倫湖

愛瑪，是個神經很大條的女性。

隨和樂觀，常常出糗，鬧不少笑話，增添不少歡樂。

尤其對於汽車，她毫無概念。

每次出遊，如果下車購物，她上錯車的機率不小。因為她只認顏色，覺得這台車似曾相識，就不假思索開車門入座。

往往一看到開車的人，是個未曾謀面的陌生人，才趕緊道歉下車。

有一次，愛瑪和朋友瑞莎到美國旅行，由於瑞莎曾到美國旅遊幾次，因此決定租車，計畫自助旅行。

這次的美國之旅，讓愛瑪找到 Mr. Right。

旅行的第三天，愛瑪在禮物店和瑞莎走散，她看到她們租賃的車子，就在前方不遠處，於是她連忙衝進去車內，結果看到一位東方男子坐在駕駛座。

愛瑪心想又坐錯車，連忙道歉：「對不起，我坐錯車了。」一緊張，她忘記說英文。

結果對方只是點頭微笑說道：「沒關係。」

愛瑪一聽：「你會說中文？請問你是哪裡人呢？」

男子說道：「我從台灣來這裡找朋友玩的，過幾天就回去了。」

　　愛瑪連忙說道：「我也是。對了，可以請你幫個忙嗎？我和朋友走散了。但我英文不太好，所以想請你幫我找一下。」

　　男子叫做傑森，非常熱心的幫愛瑪尋找瑞莎，過程中兩人愈來愈熟稔，接下來幾天，傑森變成他們的導遊。

　　最後，愛瑪和傑森成為了戀人。

　　誤打誤撞。

乾哥哥

文：雪倫湖

史黛拉對於異性很有手段和方法。

她有五個以上的乾哥哥，不同需求，不同作用。

她會給每個人希望和曖昧的氛圍，但是從來不給承諾。其中一個乾哥哥布朗，和她認識三年，最近交了女友，對於史黛拉之前對他予取予求的行為，突然清醒了，不想再當傻瓜。

有天，史黛拉打電話，撒嬌的說想要 iPhone 的手機。

布朗說道：「我最近交女友，所以金錢比較緊，可能沒辦法喔。」

史黛拉佯裝生氣，語帶威脅說道：「就當我們分開的禮物啊，不然我要跟女友說我們之間的美好喔。」

布朗一聽，壓住心中憤怒，以前怎麼沒發現這個女孩子如此壞心眼，還把她當成女神般存在。

布朗思索了一下，心生一計，和史黛拉約好見面時間和地點。

約會當天，史黛拉喜孜孜赴約，布朗拿了一個袋子遞給史黛拉。

史黛拉打開後，表情由開心變成深沉和不可置信，「這是什麼？」

布朗說道：「妳要的 iPhone 手機啊。」，然後咧嘴一笑繼續說道：「只不過我之前先用了兩年。」

語畢，布朗一邊微笑一邊走出餐廳。

迎向午後的燦爛陽光。

♀雪倫湖♂

女番男不愛

文：雪倫湖

女友，是歡是番，有時可能傻傻分不清楚。

自從雅各和野蠻女友繪喬交往後，他彩色的生活，逐漸變得黑白。

繪喬剛開始親切隨和，不過兩人交往幾個月後，或許熟稔彼此，原形畢露。原本溫柔可人，變得易怒驕縱、頤指氣使，讓雅克有點難以消受。經過溝通後，繪喬卻覺得「愛她，就要包容她」。

由於雅各對於繪喬有感情，所以他一直捨不得提出分手。

直到有天，繪喬又開始「番」了。

當時雅各正在公司加班，一直接到繪喬的來電騷擾，每次接起來，都是詢問雅各行蹤，讓他不堪其擾。最後，疲倦和壓力的驅使下，雅克忍不住吼道：「妳每次都不分場合鬧我，把無聊當有趣了，我受不了妳了，分手吧。」

沒想到，這番話竟然起了作用，繪喬真的沒再打電話。

回到家後的雅各，即使心中不捨，想打電話安慰她，然而經過思考後，決定給繪喬一點教訓。

冷戰了幾天後，繪喬並沒有打電話給他，這點讓雅各很意外。他心想，這次或許他和繪喬真的玩完了。他情緒複雜，有難過、有解脫、也有思念之情。

沒想到，事情峰迴路轉。

　　三天後，繪喬突然打電話來求和，言談中，溫和平靜，回到兩人剛剛交往時的美好。

　　原來「分手」兩字，刺激到繪喬，她開始自我反省，或許自己太過放肆，忘了當初吸引雅各的真正品質。

　　女歡男愛。

　　不過，如果女番，男可能就不愛了。

　　切忌、切記。

國家圖書館出版品預行編目資料

女歡男愛／君靈鈴、破風、六色羽、雪倫湖　合著
—初版—
臺中市：天空數位圖書　2022.04
面：14.8*21 公分
ISBN：978-986-5575-93-9（平裝）
863.55　　　　　　　　　　　　　　111005145

書　　　名：女歡男愛
發 行 人：蔡輝振
出 版 者：天空數位圖書有限公司
作　　　者：君靈鈴、破風、六色羽、雪倫湖
編　　　審：亦臻有限公司
製作公司：朝霞有限公司
美工設計：設計組
版面編輯：採編組
出版日期：2022 年 4 月（初版）
銀行名稱：合作金庫銀行南台中分行
銀行帳戶：天空數位圖書有限公司
銀行帳號：006—1070717811498
郵政帳戶：天空數位圖書有限公司
劃撥帳號：22670142
定　　　價：新台幣 350 元整
電子書發明專利第　I　306564　號
※如有缺頁、破損等請寄回更換

服務項目：個人著作、學位論文、學報期刊等出版印刷及DVD製作
影片拍攝、網站建置與代管、系統資料庫設計、個人企業形象包裝與行銷
影音教學與技能檢定系統建置、多媒體設計、電子書製作及客製化等
TEL　：(04)22623893　　　MOB：0900602919
FAX　：(04)22623863
E-mail：familysky@familysky.com.tw
Https：//www.familysky.com.tw/
地　　址：台中市南區忠明南路 787 號 30 樓國王大樓
No.787-30, Zhongming S. Rd., South District, Taichung City 402, Taiwan (R.O.C.)